De kooi

EERSTE DRUK: SEPTEMBER 2002
TWEEDE HERZIENE DRUK: OKTOBER 2007

RON LANGENUS

De kooi

averbode

DE ONTVOERING

Deirdre gaf Sami een stomp in zijn maag. Door zijn zebra-pak voelde hij er nauwelijks wat van.

'Wat is er, Dee?'

'Je staat op mijn staart', siste Deirdre over haar schouder.

'Wat zeg je?' mompelde Sami verwonderd.

Deirdre bracht haar zwarte pantergezicht dicht bij zijn zebrakop. Het was donker, hier tegen de zijgevelmuur van het huis, maar toch zag hij haar groene ogen vonken.

'Dat je je kop moet houden en dat je op mijn staart staat', beet ze hem toe.

'Oeps. Sorry.'

'Hihi …' lachte Tom, die achter Sami stond, zenuwachtig.

'Koppen dicht, macho's!' beval Deirdre.

De jongens gehoorzaamden haar onmiddellijk. Deirdre hanteerde soms een manier van praten die iedere jongen van 6 Metaal kon doen zwijgen. En bijna iedere leraar of lerares.

De drie stonden al ruim een uur op de uitkijk, in de schaduw van een eenzaam huis. Het laatste huis van een doodlopende straat. Eenzaam maar niet verlaten, want in de huiskamer brandde licht achter de gordijnen en je kon het idiote gekwek van de presentatoren van een spelletjesprogramma waarbij veel te winnen en weer te verliezen viel door de muur heen horen.

Tom knipte zijn laserlampje aan. Dat deed hij voortdurend, vooral in de klas. Niemand die er daar nog op lette trouwens, alleen Tom zelf. Plots stokte zijn adem.

'Kijk, Sami', fluisterde hij in diens zebraoor. Sami hoorde er niets van, maar hij keek naar hetzelfde als Tom.

In Deirdres pak zat een scheur. Achteraan, onderaan, precies in het midden. Ze droeg niets onder haar panterpak. Het lichtje gleed gretig van haar gespierde achterwerk naar beneden waar de jongens haar lange benen meer vermoedden dan zagen. Tom probeerde met zijn voorpoot het zweet van zijn Bugs Bunny voorhoofd te wissen, maar dat hielp natuurlijk niets.

Dit is te veel voor een arm konijn zoals ik, bedacht Tom. Bovendien is het zo verdomd warm. Ik heb nog nooit zo'n warme mei geweten in mijn hele leven.

Het was inderdaad vreemd warm voor de maand mei.

'Hij komt', waarschuwde Deirdre.

Tom knipte zijn lichtje uit. Sami kneep in het been van

zijn vriend, zonder het te beseffen. Hij kon niet geloven dat hij daar was, bij het huis van de man die ze gingen ontvoeren. Ontvoeren! Het kon gewoon niet waar zijn dat Dee hem en Tom zover had gekregen dat ze haar gingen helpen bij het uitvoeren van haar krankzinnige plan. Hij zag zichzelf al voor de rechtbank staan om uit te leggen dat hij meegedaan had omdat hij stapelgek was op Deirdre. Hij was precies zo verschrikkelijk pijnlijk verliefd op haar als Tom. Nee, dat ging hij natuurlijk niet vertellen. Als Tom niet alle schuld op zich nam (die was tenslotte twee jaar ouder doordat hij ooit fel tegen zijn zin maar op bevel van zijn ouders een paar schooljaren had gedubbeld in de richting Economie-Wiskunde), dan deed Sami het wel.

De Mercedes van de man van het huis minderde vaart. Hoewel het huis aan het eind van een doodlopende straat stond en er niemand anders in de buurt leek, zette de bestuurder toch zijn richtingaanwijzer aan.

'Uitslover', gromde Deirdre achter haar masker. 'Was je maar altijd zo'n pietje-precies. Altijd en in alles.'

De auto stopte voor de garagepoort. Tom voelde zijn hart hoog in zijn keel kloppen. Hij trok het deksel van de tupperwaredoos onder zijn arm voorzichtig een eindje open. Een bedwelmende geur woei in zijn gezicht.

Sami's vingers gleden over de brede rol tape in zijn hand. Hij mocht de oneffenheid niet missen, daar waar hij straks vliegensvlug een eind tape moest lostrekken en dan ...

Ze hadden veel geoefend met hun drieën. Het oefenen was prettig verlopen. Heel prettig, vooral die keer toen Deirdre dat spannende schouderloze topje droeg en ze naar hem knipoogde omdat Tom de natte oefenvod uit zijn handen had laten vallen. Maar nu deed Sami het bijna in zijn broek.

'*Come on, come on …*' neuriede Deirdre in haar hoofd. Waarom stapte die idioot niet uit? Vond hij het verdacht dat zijn mooie lamp boven de poort niet aanfloepte? Zijn dure nieuwe lamp, die op het minste geluid reageerde?

Het portier van de auto zwaaide open. Een gezette man in een net pak stapte onnet vloekend uit.

'Dedju dedju dedju …' klonk het.

'Nu', zei Deirdre kort en beslist. Ze liep op de verraste man af en schopte de benen onder hem uit. Hij plofte tegen de grond en hapte naar adem.

'Hu, huuu, huu … ' protesteerde hij. Van paniek kon hij niets meer uitbrengen. Hij was er duidelijk niet op voorbereid overvallen te worden door een panter, een zebra en Bugs Bunny.

Sami scheurde een brede strook tape los.

'Tom!' zei Deirdre dringend.

'Ja, ja, ik krijg die doos niet open … Het komt door die poten van mij. Ik ben ze nog niet gewoon', pufte Tom.

Deirdre rukte de doos uit zijn handen. Sami plakte zijn stuk tape te vroeg op de plaats waar hij dacht dat de mond van de man zat. Jammer genoeg kwam de tape boven diens hoofd terecht. Bovendien vond de man zijn adem terug. Hij begon luider en luider te roepen.

'Hu... hu... hulp ... Help!' klonk het.

In de huiskamer aan de andere kant van de muur was een soapacteur duidelijk ook in nood, want hij riep ook om hulp.

'Sorry ...' mompelde Sami. Hij trok de tape los. De man voelde hoe grote plukken haar uit zijn schedel werden gerukt en brulde nu als een leeuw met een vreselijk ochtendhumeur.

'Moordenaars! Moord! Help! Ze vermoorden me! Help, Chantalle! Chan...'

Verder kwam hij niet, want Deirdre drukte hem de vod met chloroform onder de neus. De man zakte in elkaar. Tom en Sami keken verlamd toe hoe Deirdre hem onder zijn armen greep om te beletten dat zijn achterhoofd tegen de auto bonkte.

'Tape!' beval ze.

Sami gaf de tape. Deirdre scheurde een stuk af en plakte het over de mond van haar slachtoffer. Daarna stopte ze vlug de vod weer in de tupperwaredoos en sloot die af. De geur was sterk.

'Ik word niet goed', mompelde Tom.

'Kom op, *gasten*. Jullie nemen zijn armen en ik zijn benen', beval Deirdre.

Tom en Sami gehoorzaamden. De antieke bakkersfiets stond aan de andere kant van de straat, verscholen onder de bomen. De drie waren met hun onhandige last halverwege de straat toen de voordeur van het huis werd geopend.

'Dee …' zei Tom.

'… de deur … daar is iemand', vulde Sami aan.

'Sneller,' zei Deirdre, 'dat zal zijn vrouw zijn. Niet op letten.'

Het was moeilijk om niet op Chantalle te letten. De arme vrouw had beslist mooie plannen voor de avond gehad, want ze verscheen in de deuropening met alleen een sexy niemendalletje aan. Door het licht in de gang achter haar werd haar figuur genadeloos onthuld zodat bleek dat het woord sexy niet van toepassing was op de inhoud van het niemendalletje. Nee, Chantalles figuur was niet aantrekkelijk, maar haar stem deed het prima. En ze kreeg hulp. Op haar arm droeg ze immers een nijdig keffend hondje, een langharig geval met een duur strikje tussen de oren.

Chantalle kon slechts vaag drie donkere figuren onderscheiden, onder de boom aan de andere kant van de straat, maar de enorme vleesberg die ze met zich meesleepten, herkende ze meteen. Dat was haar Dimitri! Ze ontvoerden haar, Dimitri!

'Politie! Politie! …' gilde Chantalle. 'Pak ze, Chichi!'

Chantalle deed meer dan gillen: ze greep een paraplu en stormde dapper de straat op. Chichi van haar kant waagde zich niet verder dan de deuropening, waar ze onophoudelijk op een superirritante manier bleef staan keffen.

Maar Chantalle kwam te laat. Haar Dimitri werd in de

grote bak van de bakkersfiets gedropt en Deirdre bracht
de fiets in beweging. Tom sloot de bak en duwde de fiets
mee op gang.
'Houd haar tegen Sami!' beval Deirdre.
Daar voelde Sami niets voor, maar hij hoefde niet veel te
doen. Toen hij en de anderen uit de schaduw van de boom
kwamen en Chantalle zag dat haar man op het punt stond
ontvoerd te worden door een zwarte panter, een zebra en
een levensgroot konijn, zakte ze geluidloos in elkaar. Sami kon haar nog net opvangen. Chichi huilde als een wol-
vin van smurfenformaat.

INSPECTEUR VOETS

Chantalle droeg nog steeds haar sexy niemendalletje. Het arme mens lag languit op de sofa, Chichi snurkend op haar voeten. Chantalle was zo verbouwereerd dat ze er niet aan dacht een kamerjas of iets anders aan te trekken. Agent Peeters keek geamuseerd toe hoe een van haar slappe borsten voortdurend tevoorschijn dreigde te wippen als ze sprak.

'En toen, mevrouw?' vroeg inspecteur Voets.

'Toen ben ik *flauwgevallen*', snikte Chantalle.

'U verloor het bewustzijn. Schrijf dat op, Peeters.'

Peeters reageerde niet. Hij zat onnozel te glimlachen. Voets begreep onmiddellijk waarom.

'Peeters!'

Agent Peeters schrok. Hij keek inspecteur Voets aan en kreeg een kleur.

'Noteren, Peeters! Je oren open en ogen op je opschrijf-boekje gericht!'

'Ja, ja ja … chef … ik bedoel inspecteur …' mompelde Peeters.

'Gaat u verder, mevrouw', zei Voets. 'U verloor dus het bewustzijn. Dat was nadat u een zwarte panter had gezien, een zebra en een …'

'Een konijn, een heel groot konijn met een lachend gezicht!'

'Hihi', lachte Peeters.

'Dat laat je, Peeters!' zei inspecteur Voets, die nu heel nors keek. 'Als je je werk niet behoorlijk kunt doen, moet je maar ander werk zoeken, man!'

Peeters begon driftig te noteren. Buiten ging een flitslicht af. Chantalle schrok.

'Rustig maar, mevrouw ', zei inspecteur Voets. 'Er worden foto's gemaakt van de plaats van de misdaad. Peeters, trek die gordijnen dicht.'

Peeters sprong.

'Daarna werd u weer wakker …'

'Hier binnen in huis werd ik wakker. Ze hebben me op de sofa gelegd, commissaris. Stel u voor! Ze hebben me naar binnen gedragen en op de sofa gelegd, met een kussen onder mijn hoofd. Ik mag er niet aan denken wat er allemaal had kunnen gebeuren!'

'Hebben ze u aangerand?' vroeg inspecteur Voets ernstig.

Chantalle keek hem aan alsof ze niet begreep wat hij bedoelde. Ze kneep haar ogen tot spleetjes. Plotseling trok ze die weer wijd open.

'Nee', zei ze luid. 'Nee, nee, commissaris. Ik bedoel wat ze met Chichi hebben gedaan. Ze hadden haar wel kunnen vermoorden ...'

'Ze is alleen maar verdoofd, mevrouw. Chloroform hebben ze gebruikt. Ze zal nog een tijd slapen, maar ze mankeert niets.'

'Gelukkig, commissaris, gelukkig ... Ik mag er niet aan denken ...' jammerde Chantalle weer.

Nee, dacht Peeters, laat ons vooral daar niet aan denken, nu we een halfuurtje geleden allemaal een groot pak friet zaten te eten en naar de finale van de Champions League zaten te kijken toen mevrouw belde. Laat ons vooral daar niet aan denken! Is er nog iemand die aan de ontvoerde meneer denkt, trouwens? Kom op, Voets, het is toch zo klaar als een klontje wie die kerel heeft ontvoerd? Waar wacht je op? De samenvatting van kwart over elf kunnen we misschien nog halen.

Maar inspecteur Voets maakte geen haast met de onder-vraging van Chantalle.

'En hebt u een van de ... van de ontvoerders herkend?'

Chantalle zette grote ogen op. Het leek even alsof ze zou beginnen te gillen.

'Die kerels droegen pakken, meneer!' wond Chantalle zich op. 'Enge dierenpakken. Natuurlijk heb ik niemand herkend! U zit mij gewoon uit te lachen! Ik waarschuw u, mijn man kent veel mensen. Heel belangrijke mensen!'

'Dat weet ik, mevrouw.'

Chantalle zweeg op slag. Zelfs Pceters was geschrokken van de klank van Voets' stem. Een verwijtende en dreigende stem. Peeters was een nieuwe. Hij had die toon nog nooit gehoord, maar de politiefotograaf, die klaar was met zijn werk buiten, wist precies wat die toon betekende. Hij keek Chantalle onverschillig aan en legde een hand op Voets' schouder.

'We hebben wat gevonden, inspecteur', zei hij. 'Kijk maar.'

De fotograaf liet inspecteur Voets een dikke zwarte staart zien.

'Schrijf dat op, Peeters', zei Voets. Zijn stem klonk vermoeid.

Peeters schreef het op.

f 03

ONTBIJT

Jan keek naar zijn dochter Deirdre. Achter haar hing de zware metalen kader die zij op school had gemaakt. Hij was prachtig. Het donkere metaal leek wel satijn en het was Jan een raadsel hoe de slanke handen van Deirdre die sierlijke krulbogen en klimopbladeren erop hadden aangebracht.

De foto van haar moeder had Jan gemaakt, drie jaar geleden, niet lang voor het ongeluk. Zonder dat hij het wist, had Deirdre het negatief uit zijn fotoarchief genomen en de vergroting besteld. Ze ging altijd haar eigen eenzame weg en deed alles wat ze deed zonder ooit te vragen wat hij ervan vond. Op een dag kwam hij thuis en hing de prachtige kader er. Dezelfde dag merkte hij op dat ze haar moeders kleren was beginnen te dragen. Ze pasten haar perfect, zoals bijvoorbeeld het lange zwarte kleed dat ze nu droeg.

'Deirdre?'

Ze keek hem aan.

'Denk je niet dat ...'

Jan slikte zijn woorden in. Geen ouwe zeur zijn, hield hij zichzelf voor.

'Ze zullen er niets van zeggen, papa. In het schoolreglement staat niets over lange avondjurken, alleen iets over te korte rokjes, blote buiken, piercings en tatoeages.'

Jan wist dat ze een piercing had in haar navel. In de zomer droeg ze immers heel korte T-shirts, die ze wit kocht en zelf met schreeuwerige kleuren verfraaide.

Ze keek hem altijd diep in de ogen als ze tegen hem sprak. Ze had de ogen van haar moeder, maar haar blik was altijd hard, sinds het ongeval.

Ze had heel veel van haar moeder. Ze waren geen van beiden mooi zoals die uitgemergelde modellen in de modebladen of op de catwalk, maar ze waren sensueel, geheimzinnig en verstandig. Ze hadden allebei lang zwart haar, ravenzwart, zoals in de sprookjes die haar moeder jarenlang voor Deirdre had verzonnen. Ze had kostuums gemaakt voor de toneelvereniging, zoals die prachtige dierenpakken die vandaag op de zolder onder plastic hoezen hingen.

Jan zag Deirdres moeder elke nacht in zijn dromen. Zij stond vroeger elke dag op met een glimlach en ze ging ermee slapen. Ze huilde bij films en toneelstukken. Sinds het ongeluk lachte of huilde Deirdre, voorzover Jan het wist, nooit meer. Nee, Deirdre gleed door het leven alsof ze sinds die fatale dag alles en iedereen doorhad, alsof ze wist hoe de wereld verkeerd in elkaar zit en hoe zij erdoorheen ging slalommen zonder ooit nog vanbinnen gekwetst te worden.

Jan zocht elke morgen opnieuw naar woorden, naar iets om te zeggen.

'Het zit er bijna op hè, 6 Metaal …'

Deirdre knikte.

'De geïntegreerde proef is nog het belangrijkst. En dan de examens …'

'O ja … natuurlijk', zei Jan. Hij had er geen idee van wat een geïntegreerde proef was, maar nam zich voor het ergens op te zoeken.

'Ik doe het tekenen en maken van een verloopstuk als *GiP*. Samen met Sami en Tom.'

Het duurde even voor Jan begreep dat *GiP* voor *Geïntegreerde Proef* stond.

'Vind je het niet vervelend om het enige meisje van je klas te zijn? Zitten er meisjes in 5 Metaal?'

'Nee, paps. Volgens de leraar praktijk lassen-constructie ben ik het enige meisje aan wie hij ooit heeft lesgegeven en hij geeft al negentien jaar les aan de harde richtingen.'

Jan rilde. De *harde richtingen*. Hoe hard was zijn dochter geworden door het ongeval?

'Valt hij mee, die leraar?'

'Hij is best knap.'

'Knap?'

'Hij kent alles van smelten, vormzand aanmaken, frissen, afslakken, afslibben, aftappen … noem maar op, paps.'

Ze zei het allemaal op dezelfde toon, zonder de rustige uitdrukking op haar gelaat te veranderen. Toch probeerde ze niet de draak met hem te steken.

'Ik bedoel: hoe vinden de leerlingen hem?'

'Voor de meesten zijn er maar twee soorten leraars: *nen toffe pee* of *ne klootzak*, een *goei* of een *trut*.'

Jan rilde opnieuw. Moest hij nu iets zeggen over het woordgebruik van zijn dochter? Toen haar moeder nog leefde, was hij ervan overtuigd dat hij een goede vader was en nu twijfelde hij aan alles wat zijn dochter betrof.

'En de leraar lassen is ... een toffe kerel?'

'Hij heeft het, paps. Het zijn vooral de leerkrachten van project algemene vakken die het moeilijk hebben. Sommigen heel moeilijk.'

'Zo ...' zoemde Jan. 'Zo, zo ... En ... heb je een vriendje? Een vaste vriend?'

Deirdre maakte haar grote ogen nog groter.

'Je bedoelt of ik met iemand naar bed ga, papa?'

Jan zei niets. Geen ja en geen nee. Eigenlijk bedoelde hij dat. Dat ook.

'Ken je dat liedje dat gaat van *Zij is van mij, je denkt dat ze van jou is, maar ze is van mij* ...?'

Jan knikte. Hij had het weleens gehoord, dat liedje.

'Wel, ik haat dat liedje. Want ik zal altijd van mij zijn, papa. Ik denk er niet over om te vrijen met een jongen die zich eerst uitslooft en lief doet om je te *krijgen* en al vlug daarna heel wat minder lief blijkt omdat hij het in zijn hoofd heeft gehaald dat je zijn bezit bent. Om nog maar te zwijgen van die hufters die alleen maar op seks uit zijn.'

'Maar we ... ik bedoel: ze zijn toch niet allemaal zo ...'

'Jij niet, papa, jij niet. En daarom en ook omdat je geen vrouw bent, heb je er geen idee van hoeveel er wel zo zijn.'

Jan keek ongelukkig. Het gesprek verliep niet zoals hij had gehoopt en zoals altijd sinds het ongeval had hij het gevoel dat dat volledig zijn schuld was. Dat hij faalde.

'En heb je dan geen *gewone* vrienden?'

Deirdre stak twee vingers op.

'Twee? Goeie vrienden?'

'Goed genoeg', zei Deirdre koel. 'Nu moet ik echt gaan, paps.'

De klok van het fornuis wees pas zeven uur aan. Ze vertrok altijd vroeg naar school, maar dit sloeg toch alles. Jan vroeg zich af waarom ze een halfuur vroeger dan anders ervandoor wou. Had het iets te maken met een van die twee goede vrienden die goed genoeg waren? Goed genoeg waarvoor?

Of wou ze niet langer met hem aan één tafel zitten?

'Tot vanavond, paps.'

Hij kreeg geen zoen. Hij zag haar voorbij het raam fietsen. De rode rugzak slordig achterop, haar haar in de wind, dat vreselijke gescheurde jeansjasje strak om haar lichaam. Het was hem een raadsel hoe ze met haar lange zwarte jurk op die opoefiets overeind bleef en zo snel kon fietsen bovendien.

Geen ouwe zeur zijn, dacht hij weer bij zichzelf.

DE FABRIEK

Deirdre was niet op weg naar school, maar Bully wel. Ze was diep in gedachten verzonken en zag daarom te laat zijn opgefokte brommertje dat nijdig knetterend van de andere kant kwam.

Bully haatte Deirdre, zoals hij bijna iedereen haatte zonder daar een goede reden voor te kunnen geven. Hij haatte het feit dat ze een meisje was; hij haatte het feit dat ze voor ieder vak, praktijk zowel als theorie, de beste resultaten haalde van de klas; hij haatte het feit dat ze verbaal sterker was dan hij; hij haatte het feit dat ze zich van iedereen afzonderde, behalve dan van Tom en Sami. Maar precies die twee vond hij keistomme kereltjes. Bully vond vrijwel iedereen en alles *stom*.

Hij heette Willem Moortgat, maar iedereen noemde hem Bully, omdat hij dat zelf eiste en omdat hij altijd een versleten petje van de *Chicago Bulls* droeg. Omdat die ploeg sinds het vertrek van Michael Jordan niet veel meer voorstelde, was Bully nog de enige op de school met zo'n petje.

'Hé!' schreeuwde hij toen Deirdre hem voorbijfietste. Deirdre keek niet om. Ze trapte stevig door.

'Hé!' riep Bully nogmaals. 'Hé, waar ga jij naartoe?'

Hij remde af en stuurde zijn brommertje Deirdres kant op. Daarna draaide hij de gashendel helemaal open. Deirdre maakte geen kans. Bully vroeg zich af waar ze naartoe ging.

'Fiets maar … fiets maar, stomme trut … Je kunt toch niet ontsnappen', gromde hij.

In gedachten had hij haar lange haar al te pakken en sleurde hij haar van haar fiets en … Bully's rode gezicht glinsterde van opwinding.

Hij schrok toen Deirdre plotseling rechtsaf sloeg en de oude kasseiweg opreed die naar de ruïne van de fabriek leidde. Bully vloekte omdat Deirdre zoals Johan Musseeuw *himself* over de bulten en putten van de weg leek te glijden, terwijl zijn brommertje onder hem sprong en danste als een elektrische stier waar 10 000 volt in plaats van 220 door gejaagd wordt. Het duurde niet lang voor hij tegen de grond ging. Hij zag nog net Deirdre achter een hoop stenen verdwijnen.

'Miljaarde miljaarde miljaardedju!' vloekte Bully, zoals hij het van zijn vader en grootvader had geleerd. Hij was onder zijn voertuig terechtgekomen, maar was ongedeerd.

Hij smeet zijn brommertje nijdig van zich af, waarna het geluid van brekend glas klonk. Dat maakte Bully's humeur er niet beter op en toen hij zag dat zijn geliefde petje naast de kasseiweg was gevallen, op de plaats waar een wandelaar met hond de vorige dag even halt had gehouden, werd hij pas helemaal dol. Hij begon driftig zijn dierbare petje aan het gras schoon te vegen en vloekte daarbij ononderbroken.

Ondertussen vloekte ook Deirdre in zichzelf.

Waarom was ze hierheen gekomen met die gevaarlijke Bully achter zich aan? Daar stond Sami's fiets! Die moest ze verstoppen, want zelfs die domkop van een Bully kon dat krakkemikkige ding uit duizende herkennen. Ze mocht Sami ook niet roepen en ze mocht geen schuilplaats zoeken in de enige veilige plaats in de oude fabriek, want als Bully haar daar vond, dan was alles voorbij. Deirdre liep naar Sami's fiets. Te laat! Voetstappen op het steengruis. Het geluid van grote zwarte boots aan grote lompe voeten.

Deirdre draaide zich om. Daar stond hij dreigend te grijnzen.

'Aha! Mevrouw heeft een afspraakje met haar bruine vriendje! Wel, wel, wie had dat gedacht? De ijskoningin en de choconeger!'

Hij liep naar Deirdre. Zij week achteruit. Ze was woedend vanwege Bully's racistische praat, maar ze wist dat ze kalm moest blijven. Als ze begon te roepen en te schreeuwen en te slaan zou Bully helemaal door het lint gaan en hij was veel sterker en was wel twee keer zo zwaar als zij.

'Je voelt je vast een hele pief hè, met die koe op je kop?'

Bully trok een gek gezicht. Hij had er geen idee van wat Deirdre bedoelde.

'Koe?' loeide hij.

'Op je frisse petje', wees Deirdre.

Bully nam zijn pet af en keek ernaar.

'Stom kalf, dat is een stier', zei hij na enkele seconden.

'Oh, ik dacht dat je betaald werd door *la vache qui rit*-kaas, om reclame te maken voor hun vettigste product.'

Bully drukte zijn stinkende petje woedend op zijn krullen.

'Jij hebt te veel praatjes, stom hippiewijf', zei hij. 'Als ik je pak, zullen we weleens horen hoe mooi je dan piept.'

Hij stroopte zijn mouwen op, spreidde zijn armen en kwam dreigend op Deirdre af. Haar ogen flitsten van links naar rechts, maar er was geen ontsnappen mogelijk. Bully had zijn handen aan weerszijden van haar hoofd tegen de muur geplant en hield haar zo gevangen.

'En waar is je vriendje nu, hippiekip, waar is hij nu, je lieve Sami? Joehoe Samie … Salamietje … Kom je prinsesje redden … Ze is zo bahahahahang …'

Bully blies zijn vieze rokersadem treiterig in haar gezicht. Het deed hem plezier dat ze moest kokhalzen.

'Zo …' siste hij. 'Zo, zo. Van dichtbij ben je veel minder knap, weet je dat? Misschien moet ik je eens wat bijwerken.'

Bully graaide vlug in zijn broekzak en haalde er een knipmes uit dat hij onmiddellijk liet openspringen. Deirdre
wist dat hij die beweging honderden keren geoefend had.
Hij liep soms met dat ding te pochen op de speelplaats,
als hij wist dat er een leerkracht bewaking had die altijd
de andere kant opkeek.
'Ben je niet bang voor aids, Bully? Misschien zit zo'n hippiekip als ik wel aan de drugs. Een besmette naald en het
is zo gebeurd, weet je wel?' zei Deirdre ernstig.
Bully gromde. Nee, hij wist van niks. Hij had wel een grote mond, maar eigenlijk wist hij niets af van seks of van
aids of van seksueel overdraagbare ziekten, laat staan
van hoe je ze kon krijgen of kon vermijden ze te krijgen.
'Jij zaagt te veel. Jij bent gewoon een stomme hoer.'
Hij duwde zijn onderbuik opgewonden tegen Deirdre
aan. Ze voelde zich alsof ze moest braken, maar bleef
hem dapper in zijn ogen kijken.
Bully liet het lemmet van zijn mes over haar wang glijden.
Zijn mond was nu heel dicht bij de hare. Hij lachte wreed.
'Kom nu, kom nu ...' probeerde hij haar te lijmen. 'Één
kusje maar. Ik kan heel lief zijn, wist je dat? Kom nu ...
Het doet geen pijn ...'
Ondertussen frunnikte zijn rechterhand aan zijn broeks-
riem.
'Ik weet dat je het wilt ... je wilt het zelf ... ik weet het ...'
Deirdre draaide haar gezicht walgend af.
'Je hebt toch ten minste aan een condoom gedacht? Of

hebben ze zulke kleine maatjes niet?' vroeg ze luid.

Deirdre kon onmiddellijk voelen dat haar woorden effect hadden. Bully keek onzeker. Hij had geen antwoord meer. En geen erectie.

'Dee!'

Bully en Deirdre keken omhoog. Het was Sami. Hij had zijn zebrapak aan, op de kop na. In zijn rechtervoorpoot zat een baksteen.

Bully's mond zakte open van verbazing. Sami hief zijn arm een tikje hoger. Hij mikte zorgvuldig. Zijn gezicht stond vastberaden.

Bully had het begrepen. Boven op dat brokkelmuurtje vond Sami munitie genoeg om hem te bekogelen.

'Oké, oké, stelletje idioten', zei hij. 'Spelen jullie je onnozele spelletjes maar. Ik heb wel wat beters te doen.'

Deirdre en Sami keken stilzwijgend toe hoe Bully zijn mes dichtklikte, het opborg, zich omdraaide en wegliep. Terwijl hij zijn gevallen brommer overeind tilde, riep hij, zoals Sami en Deirdre verwachtten, dat hij hen nog wel zou krijgen en toen reed hij weg. Sami sprong van het muurtje naar beneden.

'Heeft hij je iets gedaan, Dee?' vroeg hij bezorgd. 'Je wang bloedt.'

'Dat is niets. Houd me vast, Sami, wil je?' antwoordde Deirdre. Sami sloeg onhandig zijn zebrapoten om haar heen.

Deirdre omhelsde hem ook. Ze rilde. Sami wist zich geen raad. Hij had echt gedacht dat ze geen ogenblik bang was geweest. Ze drukte haar gezicht tegen zijn zachte, gestreepte borst.

'Hoe maakt hij het?' vroeg Deirdre na enkele ogenblikken, zonder op te kijken.

'Hij zit keurig in de kooi', antwoordde Sami. 'Hij heeft zich eerst schor geschreeuwd. Dat ik hem er onmiddellijk uit moest laten of anders en zo, en daarna begon hij te dreigen dat ik de rest van mijn leven in de gevangenis zal doorbrengen en daarna te beloven dat hij geen klacht zou indienen als ik … Enzovoort, alles precies zoals je het had voorspeld, Dee.'

'Je bent een echte vriend, Sami. Het spijt me dat ik niet bij je ben gebleven vannacht.'

Sami straalde.

'Als jij niet naar school gaat of 's avonds niet thuiskomt, dan weet je vader dat meteen, Dee. Het kan mijn moeder geen barst schelen wanneer ik verschijn of verdwijn en ze heeft het niet in de gaten ook. Ze loopt nooit naar de brievenbus. Ik doe met brieven van school wat ik maar wil. Mijn moeder drinkt en slaapt. Dat is het zowat.'

Dee wist het. Zij en Tom waren de enigen die het wisten. Sami schaamde zich vreselijk voor zijn alcoholistische moeder. Zij was een Belgische. Waarom haar huwelijk vijf jaar geleden was stukgelopen en waar Sami's Marokkaanse vader zich nu bevond wist niemand, ook Sami zelf niet. Hij betwijfelde dat zijn moeder het wist. Gelukkig was er een oom, een broer van zijn vader, die af en toe eens langskwam en die altijd iets achterliet. Kleding of wat geld, of soms allebei.

'Ik kom vanavond hiernaartoe, Sami. En Tom komt meteen na school. Zoals afgesproken.'

'Zoals afgesproken', echode Sami. 'Maar ...'

Deirdre keek hem in de ogen. Ze lieten elkaar los. Sami keek weg.

'Wat ga je met hem doen, Dee?' vroeg hij zacht.

Sami smeekte bijna. Hij maakte zich grote zorgen. Om haar, niet om de gevangene in de kooi. Wat ging ze met hem uitvoeren? Daarover was niets afgesproken.

Deirdres gezicht stond weer hard. Ze draaide zich zonder te antwoorden om en liep naar haar fiets. Haar lange, wilde haar golfde als een donderwolk achter haar aan.

OP HET BUREAU

's Ochtends, tussen zeven en acht, was het meestal rustig
op het bureau. De schrijftafels van Peeters, de nieuwe, en
van Willems, de oude rot in het vak, stonden tegen elkaar,
zodat de agenten elkaars gezicht zagen als ze van hun
werk opkeken.

Nu waren ze niet aan het werk. Willems bestudeerde zijn
kop koffie en Peeters diepte de krant van de dag op uit
zijn metalen aktetas, waarop een *Mission Impossible 2*-
sticker naast een *FC Brugge*-sticker kleefde.

'Zeg, Peeters, je weet toch dat er straks internetcontrole is
van alle computers in ons bureau?' vroeg Willems plotseling.

'Wat zeg je?' vroeg Peeters. 'Controle? Wie controle? Wat
controle?'

'Controleurs van het ministerie van Binnenlandse Zaken

gaan overal controleren welke sites er door agenten worden geraadpleegd. Om te zien of er geen misbruik is en zo, snap je?' legde Willems uit. 'Internetsites laten een hele geschiedenis achter in je pc, daar kun je niks aan doen, man. Daar helpt geen *deleten* aan. Het schijnt dat die kerels alle sites die je de laatste zes maanden hebt geraadpleegd moeiteloos kunnen opsporen.'

'*Wablieft?*' schrok Peeters.

'Wat scheelt eraan, Peeters? Die controle schijnt je nogal ongerust te maken. Heb je naar verboden dingen zitten kijken en zo? Naar de site van kabouter Plop misschien?' glimlachte Willems zo fijntjes als zijn brute mond het toeliet.

Peeters zweeg. Hij was te rood geworden en zweette te erg om te kunnen ontkennen dat hij inderdaad stiekem nogal wat dingen had bekeken die niets met zijn politiewerk te maken hadden.

'Gelukkig is er een redmiddel voor degenen die ... begrijp je', mompelde Willems achter zijn hand. 'Maar het is nogal duur. Honderd euro kost het. Resultaat gegarandeerd.'

'Ik koop het', zei Peeters. 'Ik koop het meteen! Wat is het? Een interneteraserprogramma? Staat het op diskette of op een cd? Kan ik het meteen ...'

'Nee, het is een potje Tipp-ex, Pinokkio!' lachte Willems luid. 'De inhoud daarvan moet je op de brillenglazen van die inspecteurs uitsmeren! Haha, jou kun je ook alles wijsmaken, hè Peeters. Haha, man, je zou je eigen gezicht moeten zien. Kostelijk gewoon!'

Peeters kookte van woede, maar hij zei niets. Hij haatte het uitgelachen te worden door Willems, die al jaren op het bureau werkte en die geloofde dat hij alles beter wist dan een ander en dat alle jongere collega's sukkels waren.

Peeters plooide driftig zijn krant open en verborg zich erachter, zodat hij het gezicht van zijn kwelgeest niet meer hoefde te zien.

Vijf minuten later was zijn boosheid alweer verdwenen.

'Dat is vreemd …' mompelde Peeters.

'Wat is er vreemd?' spotte Willems aan de andere kant van het bureau. 'Dat die sukkelaars van Club Brugge weer eens naast de titel grijpen?'

'Nee', zei Peeters. 'Dat er niets over die ontvoering in de krant staat.'

'Haha, dat is normaal, jongen.'

'Normaal?'

'Luister nu eens naar oom agent Willems, kleine James Bond Peeters. Wie is er ontvoerd vannacht?'

'Dimitri Lambrecht, directeur en eigenaar van de dierentuin van Wattel.'

'Juist. En die dierentuin is de laatste jaren meer dan eens in het nieuws geweest, vanwege …'

'Problemen met de dierenbeschermers. Dat zijn echte problemenzoekers, die dierenbeschermers.'

'Precies, precies …' glimlachte Willems. 'Maar wat Wattel betreft, hebben ze natuurlijk een beetje gelijk. Een beetje veel zelfs. Ben je er weleens geweest, in de dierentuin van Wattel?'

'Nog niet', antwoordde Peeters.

'Wel, luister dan goed, jonge vriend. Het personeel van de Wattel-dierentuin weet weinig of niets van dieren af. Die dieren zitten in te kleine en slechte kooien. Sommige zitten al jaren eenzaam opgesloten, zoals die ene grote chimpansee die ze er hebben. Die heeft overal kale plekken ook. Wist je dat de dierentuin bovendien geen milieuvergunning heeft?'

'Dat kan niet', zei Peeters.

'Haha, dat kan niet, zegt die kleine. Ventje toch, alles kan, als je de juiste mensen op de juiste diensten kent. Onthoud dat voor de rest van je lange politieleven! Bovendien, wie is er bevoegd? Weet jij het? Weet ik het? Weet iemand het? Is het de gemeente, de milieu-inspectie, het ministerie van Landbouw, de dierentuinencommissie … Zoek het maar uit hoor, kleine James Bond van me.'

Peeters zweeg. Willems werkte hem vreselijk op de zenuwen met zijn pesterig gedrag. Peeters probeerde zijn irritatie niet te laten blijken, maar slaagde daar niet in.

Plotseling werd Willems' toon ernstig.

'Die dierenbeschermers hebben overschot van gelijk, maar ze bereiken niet snel hun doel. Bovendien vermoed ik dat er nog iets helemaal anders aan de hand is in de Wattel-dierentuin. Iets waarover de pers en de dierenbeschermers nog nooit hebben gesproken.'

'O ja?' zei Peeters.

Willems legde zijn wijsvinger op zijn lippen en wees over zijn schouder naar de glazen wand achter zijn rug.

'Voets?' vroeg Peeters.

Willems knikte.

'Hij heeft veel belangstelling voor die dierentuin. Al jaren. Onder in de ladekast naast zijn schrijftafel ligt een dossier dat wel zó dik is.'

Willems liet met zijn handen zien hoe dik Voets' dossier over de Wattel-dierentuin wel was.

Peeters floot tussen zijn tanden. Op dat ogenblik ging de tussendeur open.

'Ik waardeer dat je naar me fluit, Peeters, maar zo knap ben ik nu ook weer niet', zei inspecteur Voets op vlakke toon.

Niemand lachte. Voets ging trouwens meteen verder.

'Bevel van hogerhand. Alle inwoners van de omliggende straten en uiteraard ook van de straat van Dimitri Lambrecht moeten voorzichtig worden ondervraagd. Dat gaan jullie twee doen.'

Peeters keek verontwaardigd.

'Wij twee moeten dus voorzichtig informeren of er iemand een zwarte panter, een zebra en een konijn op een antieke bakkersfiets heeft zien langs rijden? Als een burger zoiets had gezien, inspecteur, dan had die persoon dat toch al lang zelf gerapporteerd?'

Willems keek geamuseerd naar Peeters. Voets haalde zijn schouders op.

'Bevel van hogerhand, agent Peeters', zei hij.

'Maar we hebben die staart toch!' zei Peeters luid. 'Daar moet een DNA-onderzoek op uitgevoerd worden! En dan ...'

Toen hij zag dat Willems grijnzend zat te genieten van zijn DNA-voorstel, besefte Peeters hoe idioot zijn woorden klonken. Inspecteur Voets keek hem geduldig aan.

'Ben je klaar, Peeters?' vroeg hij ten slotte.

Peeters knikte verlegen. Hij was klaar. Voorlopig toch.

'O ja, Willems en Peeters,' ging inspecteur Voets verder, 'Chantalle Lambrecht heeft het konijn herkend op een robotfoto.'

Willems lachte zonder geluid verder. Peeters spitste zijn oren.

'En wie was het, inspecteur?'

'Het was Bugs Bunny', antwoordde Voets en toen verdween hij.

Toen de deur dicht was, barstte Willems los.

'Haha!' bulderde hij. 'Daarmee is de zaak opgelost, James Bond Peeters. Op naar Hollywood! We gaan Bugs Bunny arresteren!'

DE LES

Net voor ze de klas binnenliep, voelde juffrouw Vandemeulebroecke de aandrang om rechtsomkeer te maken,
maar ze deed het niet. De deur stond op een kier. Ze greep
de deurklink, haalde diep adem en duwde de deur open.
Ze wist het. Het was elke week hetzelfde liedje: een half-
vol blikje cola op de deur. Ze bleven het doen. Juffrouw
Vandemeulebroecke liep naar binnen, raapte het blikje op
en gooide het in de vuilnisbak. Gelukkig gooiden ze geen
mandarijntjes meer naar haar hoofd als ze probeerde iets
op het bord te schrijven. Dat waren ze wel beu geworden.
Ze deed alsof ze de chaos niet zag. Bijna iedereen van 6
Metaal zat achteraan in de klas. De meesten met hun kont
op de banken, hun Reeboks en Nikes op de stoelen geplant. Er waren er vier aan het kaarten. Die vreselijke Bully
en twee van zijn volgelingen keken gretig in een tijdschrift.

Ze deden niet eens de moeite om het te verbergen in een map of een atlas!

Natuurlijk niet. Die kerels hadden hun map nooit bij zich. Sommigen hadden niet eens een map voor juffrouw Vandemeulebroeckes vak. Ze had maar één uur les met 6 Metaal. Één uur beroepseconomie. Maar van lesgeven was het hele schooljaar lang nog niet veel in huis gekomen.

Ze hing haar jasje over de rugleuning van haar stoel. Er zat maar één meisje in de beroepsklassen. Deirdre heette ze. Juffrouw Vandemeulebroecke had gehoopt in Deirdre een soort bondgenoot te vinden, of toch iemand aan wie ze gewoonweg les kon geven. Maar ook Deirdre zat achteraan in de klas, naast Tom. Die jongen was smoorverliefd op haar, dat wist iedereen. En zij was altijd onverschillig, wat haar niet belette om schitterende punten te halen. Het leek wel alsof dat meisje in een kooi leefde waarin niemand haar kon raken, maar waar ze zelf ook niet uit kon. Voorzover ze dat al wilde.

'We gaan beginnen!' zei juffrouw Vandemeulebroecke flink.

Niemand reageerde. Deirdre keek haar onverschillig aan. Tom gaapte naar Deirdre. De rest deed gewoon verder waarmee ze bezig waren. Er was er een die zijn hoofd verborg in zijn gekruiste armen en die waarschijnlijk sliep.

Juffrouw Vandemeulebroeckes moed zonk in haar schoenen. Het was het eerste jaar dat ze lesgaf en het was niet geworden wat ze gehoopt had. Ze lag er 's nachts wakker van, ze maakte puntgave lesvoorbereidingen, ze zocht allerlei materiaal en krantenartikels bij elkaar over onderwerpen waarvan ze hoopte dat ze haar leerlingen zouden interesseren, ze maakte haar leerstof makkelijker en makkelijker, maar niets scheen te helpen. Ze toonden voor niets interesse, ze deden het liefst niets, ze lieten haar elke seconde van het lesuur en ook daarbuiten voelen dat ze geen enkel respect voor haar en voor haar inspanningen hadden.

Nee, hierop had de universiteit haar niet voorbereid. Ze kon wel huilen als ze aan de dikke cursussen dacht die ze had moeten blokken, waaronder 650 pagina's *Beknopte inleiding tot de psychologie van het kind*. Over 6 Metaal stond er niets in.

'Neem allemaal jullie agenda en jullie map!'

Er klonk luid gejoel. Dat klonk altijd als ze hun iets wou laten opschrijven.

'Stomme *trut*!' riep er een luid. Daarna was het enkele seconden stil, waarna een luid gejuich opsteeg om de brutale rekel die haar een *trut* had genoemd te feliciteren.

Met heen en weer schietende ogen bekeek ze hen een voor een en ze zag hoe een leerling achteraan openlijk grijnsde. Bully, wie anders? Ze liep op hem toe.

'Geef je agenda', beval ze. 'En stop onmiddellijk dat tijdschrift weg, anders neem ik het in beslag!'

'Dat mag u helemaal niet, het is mijn *boekske*', zei Bully brutaal. 'Enfin ... van mijn vader.'

Ook daarvoor kreeg hij gejuich. Juffrouw Vandemeulebroecke probeerde haar stem onder controle te houden, maar iedereen kon merken dat ze bang en doodongelukkig was.

'Geef nu je agenda!' zei ze flink. 'Of anders …'

'Of anders wat?' blafte Bully. 'Of anders wat, juffrouw Slag-van-de-meulen-in-het-broek-je?'

Gejuich en schril gefluit nu.

Juffrouw Vandemeulebroecke vocht tegen de tranen. Haar ogen werden vochtig. De jongen naast Bully schrok ervan. Maar Bully voelde zich prima.

'Oei, juffrouwtje toch, *shitterdeshit* nog aan toe, wenst u misschien een zak…'

Plotseling ging de deur open. Bully zweeg op slag.

Het was de directeur niet. Die was er vaak niet, en als hij wel op school was, verschanste hij zich de hele tijd in zijn bureau. Hij kwam nooit in de klassen kijken.

'Wel?' klonk het. Niet luid, maar het werd onmiddellijk muisstil.

Het was de leraar praktijk lassen-constructie. Hij was klein en mager, de vijftig voorbij. Hij zei nooit een woord hoger dan een ander en toch was er in de hele school niemand die hem tegen durfde te spreken, niemand die het waagde om in zijn les de idioot uit te hangen. In de ogen van juffrouw Vandemeulebroecke was hij een soort tovenaar, die een magische autoriteit uitstraalde.

Hij zei niet meer dan dat ene woordje. Hij bleef in de deuropening staan.

De jongens namen geluidloos plaats. Bully stopte zijn vieze boekje weg, trok zijn volgeplakte agenda uit het plastic zakje waarin zijn spullen zaten en gaf hem aan juffrouw Vandemeulebroecke. Ze nam de agenda aan, liep van Bully weg en ging achter haar bureau zitten.

De leraar praktijk lassen-constructie bleef staan. De klas had het begrepen. Iedereen verliet de plaatsen achteraan en schuifelde naar voren om de tweede en de derde rij te bezetten.

Juffrouw Vandemeulebroecke voelde haar hart tekeergaan in haar borst. Het hielp haar niet echt dat haar collega orde op zaken stelde, want zo meteen was hij weer weg en bleef ze meer alleen dan ooit achter. Weer was haar onmacht pijnlijk tentoongesteld. Ze wist dat hij er met de anderen niet over zou spreken, zoiets deed hij nooit, maar ze wist ook dat het in een school geen geheim is wie tuchtproblemen heeft en wie niet, wie altijd op tijd komt en wie niet, wie er graag lesgeeft en wie vaak ten einde raad en zelfs depressief is. Zoals zij.

Het was keihard. Niemand toonde een greintje sympathie en niemand bood echt hulp aan. En toch, en toch zou ze niet opgeven. Ze wist dat ze in september een nieuwe kans kreeg om beter te doen en ondertussen ging ze zich niet laten wegjagen en ging ze ook niet, zoals sommigen van haar collega's, om de haverklap afwezig zijn wegens een al dan niet ingebeelde ziekte.

Toen iedereen op zijn plaats zat en degenen die hun map

meegebracht hadden die op de banken hadden gelegd, sloot de leraar praktijk lassen-constructie de deur. Het bleef stil.

'Deirdre, deel jij de handboeken uit?'

De boeken lagen in een kast. Juffrouw Vandemeulebroecke gaf Deirdre de sleutel.

Bully priemde zijn vinger in Toms rug. Die deed alsof hij daar niets van merkte. Dat beviel Bully wel, want nu had hij een reden om te blijven prikken.

'Laat me met rust', slingerde Tom over zijn schouder.

Deirdre deelde de boeken uit. Er was er één per twee leerlingen. Ze ging weer naast Tom zitten.

'Lees nu allemaal de opgave nummer 12 op pagina 154', beval juffrouw Vandemeulebroecke. 'En daarna proberen jullie ze per twee op te lossen. Het is precies zo'n oefening zoals we vorige keer hebben gemaakt.'

'Dat is veel te moeilijk, juffrouw!' protesteerde er een.

'Ik was er vorige keer niet!' beweerde een ander.

'Jullie houden jullie bek dicht!' bitste juffrouw Vandemeulebroecke tot haar eigen verwondering. 'Jullie lezen opgave 12 pagina 154 en jullie proberen ze per twee op te lossen! Nu!'

Geroezemoes. Maar ze bogen zich toch per twee over de handboeken en begonnen te lezen. Juffrouw Vandemeulebroecke ging staan en liep naar achteren. Ze wist dat het niet hielp te schelden, te roepen, ongepaste woorden te gebruiken. Ze had haar kalmte bijna verloren en dat was alweer een nederlaag. Deze les ging haar alweer uren piekeren en wakker liggen opleveren, dat wist ze. Ze keek uit het raam. De speelplaats lag er nat en verlaten bij.

'Hé, psst Tom Poes, kijk eens', fluisterde Bully.

Tom reageerde niet. Bully knipoogde naar zijn buur en nam zijn knipmes. Hij gaf Tom een gemene por met het heft van het mes.

Tom draaide zich met een ruk om.

'Kijk eens!'

Bully lachte nu van oor tot oor. In zijn handen had hij een blad papier waarop hij een naakte vrouw had proberen te tekenen. De tekening verried dat hij geen tekentalent had en dat hij waarschijnlijk nog nooit een naakt meisje of naakte vrouw had gezien, maar het lange zwarte haar dat hij als een fontein uit het hoofd van zijn alienachtige wezen liet spuiten, verwees duidelijk naar Deirdre. Hij had trouwens haar naam eronder geschreven ook. Fout gespeld: Dierdre.

Tom spande zijn spieren. Deirdre keek even achterom. Ze begreep onmiddellijk wat er aan de hand was.

'We werken verder, Tom', zei ze eenvoudig en ze concentreerde zich weer op oefening 12 pagina 154.

Tom keek Bully even recht in de ogen en draaide zich dan van hem af. Maar Bully gaf het niet op.

'Psst, hé, Tom Poes. Zo heb ik haar vanmorgen gezien, hoor …'

'Niet reageren', fluisterde Deirdre.

'Ja, ja, bij de oude fabriek, weet je wel? Ze was er samen met jouw vriend, Sami … Nou ja, vriend … mooie vriend …'

Het duizelde Tom nu voor de ogen. Zijn brein bewolkte. Vergif van donkere woede stroomde door zijn aders.

'Ze lagen lekker te vrijen in de oude fabriek, Tommie Boy, zij en die lelijke choconeger, helemaal bloot in de oude fabriek en dat nog voor acht uur 's ochtends alsjeblieft …'

Tom zat er als bevroren bij.

'Ja, ja, Tom Poes. Een ander is er met je schatje vandoor, jongen. Wie had dat ooit gedacht, hè, maar ja, ze lacht je al zo lang achter je rug uit en ondertussen doet ze het met iedereen, die stomme hoer …'

En toen gebeurde het. Tom verzamelde al zijn kracht in zijn rechterarm en terwijl hij zijn romp draaide, zoefde zijn vuist door de lucht en trof Bully precies, heel precies, in het linkeroog. Toms kwelduivel sloeg prompt achterover, landde met zijn achterhoofd op de bank achter hem en viel ten slotte zwaar op de grond. Zijn stoel kletterde achter hem aan. Juffrouw Vandemeulebroecke gilde.

'Tom!' zei Deirdre. Haar stem klonk bedroefd.

'Ik zal er vanavond zijn', gromde Tom. 'Op het afgesproken uur.'

'Je weet dat er niks van waar is, Tom.'

'Ik zal er zijn.'

Terwijl de anderen zich over de versufte Bully bogen, sprong Tom overeind, grabbelde zijn spullen bij elkaar en liep de klas uit.

f 07

DE VERGADERING

De klok aan de muur achter de directeur wees 16.15 uur aan.
De directeur van Deirdres school hield niet van de leerlingenraad. Hij wou er wel een hebben, omdat dat nu een-
maal zo hoorde, maar dan wel een die deed wat hij wilde
en die niet met moeilijke en/of gevaarlijke en/of dure
voorstellen op de proppen kwam. Een leerlingenraad die
niets deed, dat was het ideaal van de directeur.
Deirdre wás de leerlingenraad, dat wist hij verdomd goed.
De paar andere leerlingen die erin zaten, kwamen allemaal uit de lagere klassen en die vonden alles wat zij
voorstelde prachtig. Zij was in september de enige kandidaat uit de hogere klassen gebleken.
Deirdre leverde altijd keurige verslagen van hun verga-
deringen af, dat moest de directeur haar nageven. En dat
ze het begrip *vakoverschrijdende doelstellingen* handig

wist te hanteren, had hij ook ondervonden. Daarom stond er nu een melkautomaat en was er gratis water voor iedereen en waren er muurschilderingen en werd er 's middags duchtig gesport en was er een muziekclub en een schaakclub en werd er voor alle jaren een buitenlandse reis georganiseerd en …

Zelf deed ze nergens aan mee, die dekselse meid. Ze zorgde ervoor dat allerlei initiatieven doorgang konden vinden, maar was zelf nergens echt bij betrokken. Ze was vreemd. De blik in haar ogen, haar kleren, haar manier van spreken. Ze bezorgde de directeur de kriebels. Hij zou het nooit toegeven, maar hij was bang van haar.

Nu zat ze als vertegenwoordigster van de leerlingenraad én als getuige van het incident in de les van juffrouw Vandemeulebroecke, het zoveelste incident in 6 Metaal, mee aan de vergadertafel, samen met vijf leden van het pedagogisch college. Spoedvergadering. Één agendapunt: de onmiddellijke verwijdering van Tom Moens van school.

De directeur tikte met zijn zware trouwring op het tafelblad.

'Collega's, ik denk dat de zaak duidelijk is …' begon hij.

Iedereen keek hem aan en zweeg.

'Leerling Tom Moens van 6 Metaal heeft Willem Moortgat, een klasgenoot van hem, geslagen. Een vuistslag. Leerling Moortgat heeft een blauw oog dat er niet om liegt. En een bult op zijn achterhoofd. Wie weet zelfs een hersenschudding.'

Het stoorde de directeur dat vier van de leden van het pedagogisch college fijntjes naar elkaar glimlachten. Hij begreep niet dat ze alle vier hier al over gesproken hadden en dat ze het roerend met elkaar eens waren dat men niet kan schudden wat men niet heeft. Bovendien waren ze blij dat eindelijk iemand het lef had gehad om Bully een mep te verkopen. Ze keurden Toms actie niet goed, maar die bullebak van een Bully had al zoveel keer ongestraft anderen gepijnigd dat geen enkele leraar of leerling een greintje sympathie voor hem, zijn blauwe oog en zijn fikse bult kon opbrengen.

'Daarna heeft leerling Tom Moens op onwettige wijze de school verlaten.'

De directeur bedoelde dat Tom onwettig afwezig was voor de rest van de dag. Hij had zijn fiets genomen en was door de poort weggereden.

'Ik heb sindsdien al een paar keer geprobeerd zijn ouders te bereiken, maar er neemt niemand op', ging de directeur verder.

De gescheiden ouders van Tom hadden het altijd druk. Met hun nieuwe gezinnen en met hun zaken. Zijn vader baatte een taverne uit en zijn moeder was vertegenwoordigster van farmaceutische producten. Tom bracht de ene week bij het nieuwe gezin van zijn vader en de andere bij het nieuwe gezin van zijn moeder door, maar hij was bij geen van beide erg welkom omdat hij voor zijn natuurlijke ouders deel uitmaakte van een verleden dat zij probeerden te vergeten en te negeren. Financieel kwam Tom niets te kort. Emotioneel kreeg hij niets in het ene en bijna niets in het andere huis. Een thuis had hij niet echt. Hij had alleen zijn vriend Sami en zijn vriendin Deirdre, op wie hij smoorverliefd was vanaf het eerste ogenblik dat hij haar zag.

'Gelukkig heeft het slachtoffer mij verzekerd dat hij geen klacht zal indienen bij de politie.'

Deirdre dacht terug aan de scène voor de deur van de directeur, een paar uur geleden, toen zij en Bully moesten gaan uitleggen wat er was gebeurd. Ze had Bully duidelijk gemaakt dat er op een klacht van hem een veel zwaardere klacht van haar zou volgen. Bovendien hield Bully niet van de politie. Hij was twintig en hij had de laatste twee jaar een kort strafblad bij elkaar gespaard. Winkeldiefstal en dan nog dat gevalletje met die gestolen wagen, joyriding, toen hij te dronken was geweest om te vluchten nadat hij en twee van zijn cafévrienden een gestolen auto tegen een boom hadden laten crashen.

'Bovendien zijn er de laatste tijd wel meer ongehoorde dingen gebeurd', zei de directeur. 'Er is een minilasapparaat gestolen, grote stukken van een sierhek die achter de werkplaatsen lagen opgestapeld en dan is er ook nog de verdwijning van die antieke bakkersfiets, die prachtige antieke bakkersfiets die collega Kuipers twee jaar geleden heeft opgeknapt, samen met de leerlingen van de fietsenherstellingenminion ... eh ... derneming ... onderneming.'

Ook hier werd weer om geglimlacht op een manier die de directeur niet beviel.

'Van de wat?' vroeg Sonja, zijn directiesecretaresse, die probeerde te noteren wat er werd gezegd.

'Van de fietsenherstellingenminionderneming!' bulderde de directeur. De man bulderde te vaak en daardoor maakte zijn stemvolume geen indruk meer op de rest van de schoolbevolking.

'Ik ben er zeker van dat die Tom Moens daar ook achter zit.'

Daar kwam onmiddellijk reactie op.

'En hebt u daar bewijzen van?' vroeg de leraar praktijk lassen-constructie. 'U uit zware beschuldigingen aan het adres van een leerling die altijd goed heeft gepresteerd en die nog nooit last heeft veroorzaakt. Er is geen enkele reden om Tom Moens van diefstal te verdenken.'

'Ik heb daar geen bewijzen voor nodig!' zei de directeur. 'Ik ben de directeur!'

Hij had het nog niet helemaal gezegd toen hij al besefte wat een onzin hij uitkraamde. Deirdre en de anderen keken hem meewarig aan. Hij kreeg een kleur en hij wist het.

'Dat hoef je niet op te schijven, Sonja', zei hij vlug.

'Dat wist ik', zei Sonja koeltjes. 'Ik schrijf al jaren niet alles op wat u zegt.'

Daarmee stond de arme man er meer dan ooit alleen voor.

Let op, hier komt ze, dacht hij.

En Deirdre kwam.

'Het hele probleem', zei Deirdre, 'is dat Bully nog steeds op school is, terwijl hij al tien keer verdiende van school te worden gestuurd. Vanwege zijn brutale bek, zijn geintjes met zijn knipmes, zijn intimidaties van medeleerlingen en leraars, zijn vechtpartijen, en ga zo maar door.'

De directeur kon voelen dat ze allemaal met haar instemden. Dat ze er geen rekening mee hielden dat Bully's ouders hem eens met advocaten en schandalen in de krant bedreigd hadden, indien hij het waagde hun zoontje van school te sturen. Bully was immers al van twee andere secundaire scholen gestuurd en dat moest nu maar eens afgelopen zijn, hadden ze in zijn bureau geschreeuwd.

'Bully heeft geweigerd u te vertellen waarom Tom hem die mep heeft verkocht en ik ga het hier ook niet vertellen. Dat zegt toch genoeg', ging Deirdre verder. 'Iedereen hier begrijpt dat Tom alleen maar heeft toegeslagen omdat hij moegetergd was, zoals zoveel mensen in onze klas en zoveel leerkrachten op de school moegetergd zijn door Bully. Natuurlijk moet Tom een straf krijgen, maar u kunt hem niet wegsturen. Het is mei. Hij vindt nooit nog een andere school en als hij er al een vindt, zijn zijn kansen op slagen daar zero.'

'Nu spreek je jezelf tegen!' riep de directeur uit. 'De dader moet blijven en het slachtoffer moet eruit!'

'U weet best dat het er zo niet voorstaat', ging Deirdre onverstoorbaar verder.

'Deirdre heeft gelijk', zei de leraar toegepaste elektriciteit. 'We hebben er in de loop van het schooljaar genoeg op aangedrongen om iets aan de situatie met die kerel te doen, maar u hebt hem altijd laten blijven. Strafstudies op woensdagnamiddag lapt hij aan zijn laars en als hij moet nablijven staat de hele studie op stelten en gaat hij er al na een kwartier doodleuk vandoor. Natuurlijk is het leerlingenaantal van de school belangrijk en natuurlijk is het voor hemzelf niet de beste oplossing om alweer van school gestuurd te worden, maar de school als geheel is belangrijker dan die ene rotvent die absoluut weigert zich behoorlijk te gedragen en die de regels van het schoolreglement dagelijks aan zijn laars lapt.'

De anderen knikten. Alleen hun collega praktijk lassenconstructie had nooit last met Bully gehad, maar alle anderen hadden hun buik al maanden vol van hem.

De directeur wierp zijn handen in de lucht als teken van overgave.

'Goed ... goed ... En wat doen we dan wel?' vroeg hij.

'Geven we Tom Moens een medaille?'

HOE HET IS

Deirdre ontweek handig de scherven van Bully's lamp die midden op de kasseiweg lagen. Ze fietste flink door, bang voor wat er in de fabriek intussen gebeurd was. Haar vader moest vanavond werken, maar hij was langer thuis gebleven dan anders. Hij had er zelfs op gestaan om samen de vaat te doen.

Deirdre remde en luisterde. Murmelende stemmen. Alles was in orde. Tom en Sami zaten te praten op de laadbak van het wielloze wrak van een vrachtwagen. Ze hadden niet gevochten.

'En?' vroeg Tom.

'Ik heb hem alles uitgelegd, Deirdre', zei Sami vlug.

'En ik heb hem alles uitgelegd', glimlachte Tom flauwtjes. 'En? Vlieg ik eruit? Politie naar me op zoek en de hele mikmak?'

'Je krijgt drie dagen uitsluiting. Je ouders weten nog van niets, heb ik begrepen. Als je nu naar huis gaat, kun je zelf alles uitleggen. Ik denk dat dat het beste is wat je kunt doen. De politie weet van niets. En dat zal zo blijven. Bully zal geen klacht indienen en hij zal er voor zorgen dat zijn ouders dat ook niet doen.'

'Ik veronderstel dat ik jou daarvoor moet bedanken ...' Toms stem klonk vijandig.

'Ga naar huis, Tom', zei Deirdre rustig.

Tom draaide zijn hoofd met een nijdige beweging en spuugde een dikke fluim weg.

'Vanavond slaap ik in het huis van mijn vader en zijn vriendin. Het zal voorbij middernacht zijn voor hij thuiskomt.'

'En zij?' vroeg Sami.

'Zij? Zijn vriendin? Die zorgt voor haar eigen kinderen en laat mij met rust. Ze ziet me liever gaan dan komen. Ik neem het haar niet kwalijk, ik wou dat mijn eigen ... nou ja ...'

Het einde van Toms uitleg klonk heel wat minder flink dan het begin. Sami aarzelde. Hij dacht er even aan om zijn arm over Toms schouder te leggen, maar hij deed het toch maar niet.

'Jullie moeten allebei naar huis gaan nu', zei Deirdre.

De jongens keken elkaar aan.

'Zeg jij het', fluisterde Sami.

Tom haalde zijn schouders op.

'We hebben gepraat en nagedacht, Dee', zei hij. 'We moeten hem vrijlaten, voor het nog erger wordt dan het al is. Hij is murw, in die kooi. Het mag niet verder gaan. We moeten jou … Sami en ik moeten jou … tegen jezelf beschermen.'

'Ja, jou tegen jezelf beschermen …' echode Sami. Naar dat clichézinnetje hadden ze lang zitten zoeken.

Deirdres houding veranderde op slag. Ze siste hees, als een woedende kat in het nauw. Haar ogen versmalden tot spleetjes. De jongens schrokken ervan.

'Wat?! Hem vrijlaten? Hém vrijlaten?! Ik dacht dat jullie mijn vrienden waren, maar jullie zijn zoals de rest, een stelletje lafbekken die het in hun broek doen als er een beetje gevaar dreigt. Maar er dreigt geen enkel gevaar voor jullie, is dat duidelijk?'

Tom en Sami keken naar hun handen. Ze durfden Deirdre niet in de ogen te kijken. Ze hadden haar nog nooit opgewonden gezien, en nu ze van haar de volle lading kregen, voelden ze zich miserabel.

'Jullie gaan nu allebei naar huis en jullie vergeten het hele gedoe. Ik verbrand de drie pakken, straks, in een van de ovens. Geen enkel spoor leidt naar jullie en ik zal jullie niet verraden zoals jullie mij nu verraden, ik niet. Jullie zijn zwakkelingen, ik niet. Jullie fietsen nu onmiddellijk naar huis. Onmiddellijk! En daarna is het tussen hem en mij, daar hebben jullie en de rest van de wereld niets mee te maken.'

'Toch wel', protesteerde Tom. 'Wij hebben geholpen om ...'
Deirdre sloeg plotseling toe. Ze bedolf de beduusde Tom met haar beide vuisten onder een regen van slagen. Ze sloeg hard en raak. Tom probeerde haar af te weren. Zijn neus bloedde.

'Houd op, Dee, houd op!' smeekte Sami.

Maar Deirdre hield niet op. Ze sloeg harder en harder. Sami sprong uit de laadbak en trok Tom aan zijn pols mee.

'Kom, Tom', zei hij. 'We gaan weg, Dee. Laat hem nu.'

Deirdre liet uitgeput haar armen zakken. De drie stonden elkaar hijgend aan te kijken.

'Het is tussen hem en mij', zei Deirdre schor. 'Probeer het te begrijpen. Als jullie mij proberen tegen te houden, zal ik jullie de rest van jullie leven haten ... en jullie zullen jezelf ook haten. Ga naar huis. Ik beveel het jullie. Ga naar huis. En waag het niet ... waag het niet om mij te verraden. Ik bezweer het jullie ... waag het niet om mij te verraden.'

Sami liep het eerst weg, toen Tom. Ze liepen naar hun fietsen en reden daarna zonder om te kijken weg. Eerst langzaam, toen sneller en sneller. Deirdre bleef hijgend staan kijken tot ze uit het gezicht verdwenen waren.

Het jonge meisje draaide zich om en keek nu naar de zwarte roestige poort van een van de fabriekshallen. De lage zon legde er een dieprode schijn overheen.

'Nu is het tussen jou en mij', mompelde ze. 'Nu zal ik je laten voelen wat het is. Hoe het is ...'

BULLY

Bully reed naar huis. Hij was laat. Na school was hij eerst nog op café geweest. Maar het bier smaakte hem niet en zijn maten waren ergens anders. In het café zat bovendien een stelletje oude knakkers stiekem naar hem te kijken en hem onder elkaar uit te lachen, zonder dat hij er iets aan kon doen.

Zijn brommertje deed het nog, maar niet van harte. Het sputterde af en toe, zodat hij moest meetrappen om niet stil te vallen. Waarom had hij verdorie geen auto? Zijn moeder wou hem een tweedehandse geven toen hij achttien werd, maar zijn vader wilde er niet van weten. Zijn vader was thuis de baas. Ook van de portemonnee.

Bully baalde en niet zonder reden. De dag was goed begonnen, toen hij Deirdre zijn kant op zag fietsen. Hij fantaseerde vaak over haar. Toen ze de kasseiweg naar de oude fabriek opdraaide, was het voor hem duidelijk dat ze niet wou vluchten, maar dat ze hem achter zich aan lokte naar een verlaten plaats, dat ze smachtte naar zijn prachtige, volslanke lichaam, ja, dat ze ook al lang over hem fantaseerde. Hoe kon het ook anders, hij was toch veruit de knapste kerel van de school? De blitse bink voor wie iedereen beefde? Hij kon toch elk meisje krijgen dat hij wilde? Of niet soms?

Maar het was tegengevallen, en hoe! Gevallen op de kasseiweg, daar kwam de pijn in zijn rechterknie van, de lamp van zijn brommertje stuk, toen die hele toestand in de oude fabriek waarbij hij zich op de vlucht had laten jagen door dat kleine bruine kereltje met zijn carnavalspak aan, en daarna kreeg hij in de les van die trut van een Vandemeulebroecke nog een rechtse directe op zijn linkeroog! Dat oog zat nu dicht en was staalblauw geworden. Maar daarmee was het nog niet afgelopen, oh nee! Die stomme hoer van een Deirdre bedreigde hem voor de deur van de directeur. Klacht wegens aanranding! Hij wist niet eens wat het woord betekende, maar het klonk niet goed. En ze had, toen hij op de vloer van de klas lag, zijn tekening van haar in haar zak gestopt. Nee, hij had de verstandigste keuze gemaakt door te zwijgen over het waarom van Toms reactie. Bully begreep zelf niet waarom hij na zijn vorige uitstapjes in de criminaliteit niet in de gevangenis was beland, maar hij had geen zin om het eens te proberen. Jimmy, een maat van hem, een keiharde, had na één maand in de gevangenis zelfmoord gepleegd. Sinds toen wist Bully het wel.

Bully bracht zijn brommer naar het schuurtje achter het hoekhuis waar hij woonde. Daarna liep hij door de tuin naar de keuken. Hij wilde ongemerkt naar boven, maar om daar te komen moest hij eerst door de huiskamer.

Zijn vader en zijn moeder zaten naar de televisie te kijken. Het toestel stond luid, zoals altijd. *De prijs van 1 miljoen*, zijn vaders lievelingsprogramma.

Bully's vader vond het geweldig als een kandidaat op het laatste moment alles verloor. Dan lachte hij bulderend minutenlang aan een stuk en ondertussen spilde hij bier uit zijn blikje op zijn eens witte onderhemdje. Bully's vader had altijd een blikje bier in zijn vuist als hij naar de televisie keek.

'*Haha, kijk die stommerik stom kijken!*' was zijn vaste uitdrukking.

Dat hij zelf nooit een juist antwoord wist, deed daarbij niets terzake.

Bully sloop achter de grote sofa naar de deur. Nog even, en dan kon hij ongemerkt de kamer uitglippen.

'Willem, ben jij dat?' vroeg zijn moeder zonder haar ogen van het scherm af te halen.

'Ja, mama', antwoordde Bully.

'Je bent zo laat, heb je al iets gegeten?'

'Ja … Nee … Ik heb niet zo'n honger. Ik ga maar naar boven, denk ik …'

Nu draaide zijn moeder haar hoofd wel om. Ze schrok.

'Wat heb je aan je oog? Het is helemaal dik en blauw!'

Zijn vader lachte. Bully haatte die lach van zijn vader. De man lachte zijn jongste zoon vaak uit. Bully's twee oudere broers waren al een paar jaar de deur uit.

'Ik ben gevallen met mijn brommer …'

Nu lachte zijn vader nog luider.

'Haha, gevallen met dat prutsbrommertje! Ventje toch, ik heb jaren met de motor gereden. Ik was *motard* in het leger! En geen enkele keer gevallen. Nooit! Haha, prutsertje toch.'

'Was het erg?' vroeg zijn moeder. 'Ik bedoel, waren er anderen bij betrokken? Heeft de politie …'

'Haha, de *polies*!' toeterde Bully's vader nu. 'Dat moet ik je nog vertellen, moeder, de *polies* is aan de deur geweest toen jij bezig was met de was op te hangen.'

Bully's moeder keek zorgelijk. De politie was al vaker aan hun deur geweest en het betekende altijd slecht nieuws en moeilijkheden.

'Wat nu weer?' zuchtte ze.

'Wat nu weer? Wat nu weer? Moeder, maak je maar geen zorgen. Ze waren op zoek naar … raad eens?'

Noch Bully, noch zijn moeder hadden zin in raadseltjes.

'Naar een panter, een zebra en een konijn!' barstte Bully's vader los. 'Geloof me of geloof me niet. Dat zeiden ze: *"Hebt u gisterennacht geen zwarte panter, een zebra en een levensgroot konijn gezien die met een antieke bakkersfiets*

reden? Denk goed na. Het is uiterst belangrijk!" Dat zeiden ze! Ik zweer dat het waar is. Jongens, toch.'
Bully's moeder keek haar man aan alsof hij gek geworden
was. Het was duidelijk dat ze niets van zijn verhaal geloofde.
'Ik zweer dat het waar is. Haha … ja, ja, écht waar is het.
En weet je wat ik toen zei? Weet je dat?'
Bully's vader veegde de tranen van pret uit zijn ooghoe-
ken. Zijn vrouw keek hem met grote ogen van verbazing
aan. Bully drukte langzaam de deurklink naar beneden.
'En ik … ikke … ik bleef héél serieus, oh ja, héél héél serieus bleef ik … en ik zei … ik zei … ik zei zo: *"Hebben
jullie namen van die drie?"* Echt, echt waar, dat zei ik, en
toen antwoordde de kleinste van de twee: *"Het konijn
heet …"* Hahaha!!!'
Bully en zijn moeder moesten twee volle minuten wach-
ten voor vader Moortgat verder kon gaan met zijn verhaal.
'Haha, jongens toch, is dat lachen. Toen zei die kleine
met zo'n onnozel gezicht: *"Het konijn heet …"* wacht
even, wat was het weer … *Bucks Benny*, dat was het! Nu
weet ik het weer. Ik vergeet nooit een naam. *Bucks Benny
heet het konijn.* Daarna ben ik ze lekker beginnen uitla-
chen en heb ik de deur voor hun politiesmoeltjes dichtge-
gooid. *'"De panter heeft geen staart!"* hoorde ik die kleine
nog zeggen. *"Ik ook niet!"* heb ik als antwoord door de
brievenbus geroepen. Haha, wat een mop!'
'Slaapwel', zei Bully vlug. Zijn moeder oogde hem onge-

rust achterna. Zijn vader had hem zelfs niet gehoord. Die kon nog steeds zijn pret niet op.

'*Haha, kijk die stommerik stom kijken*', hoorde Bully door de deur heen, nog voor hij een voet op de eerste trede van de trap zette.

Bully liep langzaam naar boven. Hoofdpijn. Oogpijn. Kniepijn. Tanden poetsen? Niet.

In zijn kamer liet hij zich languit op zijn bed vallen. Hij wou dat hij al sliep. Hij wou dat hij zich niet zo stom voelde. Bully zuchtte diep. Hij greep onder zijn bed en trok zijn bleke Winnie de Pooh-beer tevoorschijn.

Gelukkig kwam zijn vader nooit op zijn kamer. Zijn moeder had hem die beer gegeven toen hij zes was. Af en toe verdween de beer en kwam dan weer grondig gereinigd terug. Vroeger droeg hij een idioot rood ding, maar nu had de beer een heuse leren Harley Davidson-jekker en een leren helm en een stofbril. Hij heette ook niet Winnie meer, maar Axl. Zoals Axl Rose, de vroegere leadzanger van *Guns and Roses*, de favoriete groep van zijn broers.

Bully's brein werkte traag – die klap op zijn oog had er geen deugd aan gedaan – maar het werkte wel. Plotseling ging hij met een ruk rechtop zitten.

'Politie!' zei hij luidop. 'Politie op zoek naar een panter, een konijn en … een zebra. Uiterst belangrijk!'

Bully voelde zich op slag beter.

'Een zebra …' gromde hij. 'De politie is op zoek naar drie als beesten vermomde mensen, waaronder een zebra …'

Bully greep zijn gsm uit zijn achterzak en toetste het getal 101 in.

'Een zebra, Axl!' zei hij strijdlustig terwijl hij op verbinding wachtte.

Axl zei niets.

'Hallo?' zei agent Peeters in Bully's oor.

10

JOUW DOCHTER

Het kostte Deirdre moeite om de roestige schuifdeur een eindje open te trekken en weer dicht te duwen. Boven haar gaapten grote gaten in het zigzagdak van de oude fabriek. Overal lagen brokstukken. Deirdre liep naar een tweede deur. Ze zag dat de jongens de ketting op de vloer hadden laten liggen. Het geopende hangslot lag ernaast. Het maakte niet uit. Hij kon toch niet ontsnappen.

Met een brok beton blokkeerde ze de deur op een kier zodat er wat licht viel in de tweede ruimte. Ze kon zijn aanwezigheid voelen. Ze kon hem ruiken. Hij hield zich stil. Achter de deur gaapte de diepte. Deirdre liep de stenen trap af. Zo was het begonnen, maanden geleden, toen ze in de fabriek was binnengedrongen, zoals altijd op zoek naar een plek om alleen te zijn. Alleen met haar herinneringen op een doodse plek.

Rondom de kooi stonden lampen opgesteld. Die kwamen ook van de zolder, zoals de dierenpakken, en ze hadden ook met het toneel te maken.

Onder aan de trap hing een schakelbord aan de wand, een met veel losse draden en porseleinen zekeringen en vier hendels naast elkaar.

Zo was het begonnen, maanden geleden. Ze haalde een van die hendels over en merkte dat er een gezoem klonk, dat er ergens iets knetterde. Het was krankzinnig, maar het was waar. De oude fabriek was nog steeds aangesloten op het elektriciteitsnet! Ze had de hendel onmiddellijk terug in zijn uit-stand gezet. Er vonkte toen iets op het schakelbord. Er vonkte iets in haar brein, toen.

Deirdre haalde de eerste hendel over. Meteen begonnen de toneellampen te branden. Ze waren allemaal op de kooi gericht.

'Ai!' zei Dimitri Lambrecht. Hij bracht zijn arm naar zijn ogen om ze van het felle licht af te schermen.

Deirdre lette niet op hem. Ze liep naar een hoek van de ruimte, waar de drie dierenpakken op een hoop lagen. Ze bleef er even naar staan kijken.

'Het is jammer, mama', mompelde ze. 'Maar er mag geen enkel spoor naar mijn vrienden leiden. Het zijn beste jongens. Ze verdienen beter dan wat ik ze aandoe.'

In de muur aan haar rechterhand zat een rij deurtjes, die elk een aparte oven afsloten. Deirdre opende het deurtje dat het minst leek aangetast door de tijd. Erachter lag een stapeltje sprokkelhout, drie witte aanmaakblokjes en een doosje lucifers.

'Wat doe je daar?' vroeg Dimitri Lambrecht. 'Wie ben je? Waarom ben ik hier?'

Deirdre negeerde hem. Ze streek een lucifer af en stak een van de blokjes in brand. Het hout was heel droog. Al vlug fikte een fiks vuurtje.

Deirdre bukte zich en graaide de drie dierenpakken bij elkaar.

'Wie ben je?' vroeg Dimitri Lambrecht opnieuw. Hij probeerde het nu op een vriendelijker toon.

Deirdre duwde de pakken een voor een de oven in. Er kwam dikke, zwarte rook uit. Deirdre sloot de oven weer af.

'Zo', zei ze zacht. 'Nu is het alleen nog tussen jou en mij, Dimitri.'

Het was de eerste keer dat de directeur van de dierentuin van Wattel haar stem hoorde.

'Wie ben je?' zei hij streng. 'Je bent een meisje. En je bent nog jong, dat kan ik horen. Je bent gek als je me hier niet onmiddellijk uitlaat. Onmiddellijk, hoor je me!?'

'Daar heb je gelijk in, Dimitri', zei Deirdre. 'Ik ben gek.'

Dimitri Lambrecht was sprakeloos. Deirdre ging op een stoel zitten, die tussen twee lampen stond opgesteld. Naast de stoel lag een dik dossier op de grond, dat ze opraapte en op haar schoot legde. Ze keek naar de man in de kooi.

De kooi was een meesterwerk, had Dimitri ondervonden. Ze was samengesteld uit delen van een oud sierhek, die vakkundig aan elkaar waren gelast tot een perfecte kubus: drie meter hoog, breed en diep. Aan de binnenkant ervan was nergens een spoortje van braam, een scherp randje, een oneffenheid waar je je aan kon kwetsen. Er zaten aan de buitenkant scharnieren aan, sierstukken, bedrading, elektromotoren ...

Dimitri Lambrecht kon er niet wijs uit worden hoe de kooi in elkaar zat en dat konden Tom en Sami ook niet. Deirdre had er maandenlang aan gewerkt, alleen. Wat Dimitri het meest wanhopig maakte, was dat er aan de kooi geen deur te bespeuren was. Geen slot, geen ketting. Het leek onmogelijk om iets of iemand van de afmetingen van Dimitri Lambrecht in of uit de kooi te krijgen, maar toch was het gebeurd, minder dan 24 uur geleden!

En dan was er nog iets, iets wat hij nu pas zag en dat hem koude rillingen bezorgde. Aan de kooi zaten twee evenwijdige metalen stangen vast die ongeveer drie meter over de vloer liepen. Op de uiteinden zaten twee klemmen en aan die klemmen zaten weer dikke elektriciteitskabels!

'Ik wil je gezicht zien!' riep Dimitri bang uit.

'Dat is geen probleem', zei Deirdre. Ze ging staan en begon de lampen te verschikken, zodat ze Dimitri niet meer agressief in de ogen schenen, maar dat hun licht werd weerkaatst op het groenige plafond. De ruimte was nu gevuld met zacht, feeëriek licht. Deirdre ging opnieuw zitten.

'Zo', zei ze.

Dimitri keek verbijsterd naar het meisje dat voor hem zat. Ze leek op een heks, op een wraakgodin uit een of andere Griekse tragedie. Bovendien kwam haar gezicht hem vaag bekend voor.

'Je …' begon hij.

'Vanaf nu voer ik het woord, Dimitri!' zei Deirdre. 'En jij zwijgt en luistert. Ik heb je veel te vertellen.'

'Laat me hier uit, apenjong!' schreeuwde Dimitri. Hij greep met beide handen een van de spijlen van de kooi vast en rukte en duwde uit alle macht, maar de kooi bewoog niet. Dat had hij al uren daarvoor ondervonden. Deirdre wachtte tot hij was uitgeraasd. Dat duurde niet lang.

'Vreemd dat je het woord aap gebruikt. Jij kent nochtans niets van apen. Net zomin als je personeel. In de Watteldierentuin krijgen de apen kattenvoer te eten waarvan de houdbaarheidsdatum al lang overschreden is. Daar heb je een deal met een keten dierenwinkels voor gemaakt, is het niet? Wil je dat ik de naam noem?'

Dimitri's mond viel open van verbazing.

'Wacht even, hier heb ik het', zei Deirdre zakelijk. Ze opende het dossier op haar schoot en zocht even in de dikke stapel papieren en foto's.

'Hier zijn de bewijzen. Kijk zelf maar.'

Ze mikte een bundeltje papieren de kooi in. Dimitri Lambrecht raapte ze op en begon te lezen.

'Interessant, niet?' vroeg Deirdre. 'En er komt nog veel meer.'

Dimitri scheurde de papieren in stukjes. Ze dwarrelden om hem heen in de kooi.

'Is het daarmee opgelost, Dimitri?'

'Gaat het daarom?' beet Dimitri haar toe. 'Ben je een van die dierengekken?'

'Oh nee, daar gaat het helemaal niet om. En, voel je je beter nu je die bewijzen hebt kapotgescheurd? Vraag je je af of er kopieën bestaan? Hoe voelt het trouwens om in een kooi te zitten? Één dag, niets eigenlijk, vergeleken met het levenslang levenloos waartoe jij de dieren in je dierentuin veroordeelt. Te kleine hokken, slecht voedsel, slechte verzorging …'

'Ik ben geen beest!' schreeuwde Dimitri. 'Ik ben een mens!'

'Je hoeft niet zo te schreeuwen', zei Deirdre. 'Niemand kan je horen. Zoals niemand jouw exotische dieren kan horen als ze in geluidsdichte containers met tientallen tegelijk sterven. De exotische dieren die jij kweekt en in- en uitvoert. Kijk maar.'

Nu schrok Dimitri pas goed. De illegale verkoop van wilde dieren en in het bijzonder exotische dieren aan rijke en hooggeplaatste mensen in binnen- en buitenland was zijn belangrijkste bron van inkomsten, een echte goudmijn, waarvoor de dierentuin slechts als handige dekmantel diende. Het was een goed bewaard geheim bovendien. Justitie wist er officieel niets van af, daar zorgden zijn belangrijke vrienden en klanten wel voor. Zelfs de dierenbeschermers hadden daar nooit met een woord over gerept.

Ze hadden vermoedens, maar geen enkel bewijs.

'Ja, schrik maar', zei Deirdre. 'Wil je de bewijzen zien? Hier, kijk maar: zwarte facturen, transportbrieven, foto's, vluchtschema's ... Je mag het allemaal hebben, kijk maar eens heel goed naar wat je aanricht, Dimitri Lambrecht. Kijk maar eens naar de kisten met dode schildpadden, dode papegaaien. Kijk maar eens goed naar de prijs van je mooie huis, je dure vrouw, je twee nog duurdere maîtressen, je chique Mercedes en je Armani-pak dat je nooit met stijl zult leren dragen.'

Terwijl ze sprak, strooide Deirdre de inhoud van het dossier op haar schoot over de vloer. Sommige bladen kwamen in de kooi terecht, waar Dimitri koortsachtig begon te verzamelen wat hij te pakken kon krijgen. Met zijn arm reikte hij zo ver hij kon buiten de kooi, zijn vingernagels schraapten over de vloer toen hij probeerde nog één blad binnen halen. Hij kreeg zowat één derde van het dossier te pakken. De rest lag buiten zijn bereik, slordig over de vloer verspreid. Hij keek er verlangend naar.

'En voor het geval je je dat afvraagt, Dimitri: nee, het is mij ook daar niet om te doen. Het gaat om iets helemaal anders.'

Dimitri ging uitgeput op de bodem van de kooi zitten.

'Kijk me eens goed aan, Dimitri', zei Deirdre zacht. 'Kijk heel goed.'

Dimitri deed zijn best.

'Ik ken je vaag ergens van ...' zei hij ten slotte. 'Maar ...'

'Drie jaar geleden ...'

Toen wist hij het.

'Dat was een ongeluk!' schreeuwde Dimitri. 'Daar had ik niets mee te maken. Als het je daarom te doen is, dan ben je echt knettergek.'

'Het was een ongeluk', bevestigde Deirdre. 'Maar jij had er alles mee te maken.'

'Niets!' schreeuwde Dimitri. 'Niets of niets had ik daarmee te maken. Integendeel. Het was haar eigen schuld. *Alleen kinderen onder de 12 jaar* stond er op het bord! Die vrouw ...'

'Mijn moeder ...' onderbrak Deirdre.

'Ja, je moeder,' zei Dimitri strijdlustig,' nu heb ik je herkend. Je lijkt precies op haar, niet? Je bent gek van verdriet, niet? Wel, er zijn anderen die hun moeder hebben verloren, maar die geen onschuldige mensen ontvoeren en die niet ...'

Dimitri struikelde nu over zijn woorden, stikte er bijna in van machteloze woede.

'Het was een warme meidag, zoals vandaag', zei Deirdre kalm. 'Mijn vader, mijn moeder en ik bezochten de dierentuin. Jouw dierentuin. Toen kwamen we bij de speeltuin. Waar het bord staat. *Alleen kinderen onder de 12 jaar*. Het speelterrein waar toen de verroeste speeltuigen stonden, de tuigen waar jij geen tijd of belangstelling voor had, omdat je het te druk had met je vieze zaakjes. Helemaal bovenaan op je grote glijbaan stond een klein meisje met een kleurig jurkje, Dimitri. Een klein, dapper meisje dat helemaal alleen naar boven was geklauterd en dat op het platform stond om op haar beurt naar beneden te glijden. Maar haar jurkje kwam klem te zitten tussen de gebroken stukken van een van de spijlen. Het was een verstandig meisje, Dimitri. Ze wist dat ze haar jurk zou scheuren als ze zich losrukte. Ik was toen dertien. Ik woog precies 35 kilogram. Ik haastte me om haar te helpen. Mijn moeder en vader keken toe. Het lukte mij niet om haar los te maken. *Ik kom,* zei mijn moeder. Zij woog precies 57 kilogram toen. Het duurde geen tien seconden voor ze het meisje bevrijd had. Ik gleed eerst naar beneden. Toen kwam het meisje. Ik ving haar op in mijn armen. Ze lachte. Ze liep weg naar het terras waar haar ouders zaten. Ik draaide me om. *Nu kom ik,* lachte mijn moeder. Mijn vader lachte. Ik lachte. Toen stortte de glijbaan in. De hele roestige boel plooide in elkaar. Mijn moeder kwam met haar hoofd op het beton terecht waarin de glijbaan verankerd zat. Ze was op slag dood. Samen wogen het meisje, mijn moeder en ik hooguit 120 kilogram. Die glijbaan was zo hoog dat er makkelijk twintig kinderen tegelijk op de trap, het platform en het glijgedeelte konden zijn. Het had niets met *Alleen kinderen onder de 12 jaar* te maken, Dimitri. Het was verwaarlozing. Jouw verwaarlozing. Het was schuld door verzuim. Jouw verzuim. Mijn moeder is dood door jou, Dimitri. En ik ben gek door jou.'

'Maar … de verzekering …' protesteerde Dimitri zwak.
Deirdre lachte zo krankzinnig dat Dimitri zijn handen
voor zijn oren sloeg.

'Ja, Dimitri, de verzekering heeft toch nog iets betaald.
Dat is prachtig niet? Ondanks *Alleen kinderen onder de
12 jaar* heeft de verzekering toch iets betaald! Dat maakt
voor jou alles goed, niet? Maar niet voor mij! Ik ben Metaal gaan studeren, Dimitri. Metaal! Ik kan een glijbaan
maken die honderd jaar meegaat zonder te roesten, een
glijbaan die honderd kinderen moeiteloos kan dragen. Ik
heb deze kooi speciaal voor jou gemaakt, Dimitri, speciaal om jou te laten voelen hoe het is om opgesloten te zitten, hoe het is om te weten dat je binnen enkele ogenblikken gaat sterven.'

'Nee!' riep Dimitri angstig uit. 'Wacht! Je weet niet wat je
zegt. En je eigen leven dan? En dat van je vader?'

'Mijn vader gelooft in het gerecht. In gerechtigheid', zei
Deirdre. Ze keerde Dimitri haar rug toe en liep naar het
schakelbord.

'Maar ik ben anders, Dimitri. Ik weet dat jij aan prima advocaten kunt komen. Dat heeft de rechtszaak over de
dood van mijn moeder bewezen. *Alleen kinderen onder de
12 jaar* en dat was dat. Wat waren jij en Chantalle blij met
die uitspraak! Jullie stonden bijna te dansen van vreug-
de. En zo zal het ook met dit dossier gaan, Dimitri. Jouw
heel dure advocaten, de intriges achter de schermen van
je netwerk van rijke en hooggeplaatste vrienden, het spel

van de procedurefouten, jaren aanslepen, verjaring en ten slotte je vrijspraak ondanks de verpletterende bewijzen die hier overal om je heen liggen. Dat wil ik mijn vader en mezelf besparen, Dimitri. Ik ben gek. Ik doe het op mijn manier.'

Deirdre stond naast het schakelbord. Boven aan de trap klonk geluid. Dimitri blikte hoopvol omhoog.

'Hier! Hier!' krijste hij. 'Houd haar tegen! Ze is gek!'

Agent Peeters duwde de deur helemaal open. Inspecteur Voets volgde hem op de voet. Hij begreep de situatie onmiddellijk.

'Deirdre!' riep hij.

Jan Voets duwde agent Peeters opzij en rende als een razende de trap af.

'Te laat, papa', zei Deirdre. Ze haalde de eerste en de derde hendel tegelijk over. De lampen gingen uit.

Overal weerkaatste geluid in de holle ruimte. Dimitri Lambrecht bracht een dierlijk gehuil voort. Agent Peeters riep voortdurend 'Stop of ik schiet' en 'Wat gebeurt er daar?' Jan riep Deirdres naam. En ondertussen bewoog metaal op metaal, scharnieren veranderden van positie, goed geoliede kettingen liepen over tandwielen. Deirdre wachtte twintig tellen. Toen haalde ze de eerste hendel terug over en baadde de ruimte opnieuw in het licht.

'Verdomme!' zei agent Peeters verbaasd.

De kooi was verdwenen. De metalen kubus was opengeklapt als een reuzenbloem. In het midden ervan lag een zielig, bevend hoopje mens. Deirdre liep ernaartoe. Jan zocht steun tegen de muur. Dimitri lag in foetushouding, zijn hoofd geklemd tussen zijn voorarmen.

'Je bent niet dood, Dimitri Lambrecht', zei Deirdre. 'Je bent vrij. Je hebt gevoeld hoe het is. Je krijgt bovendien het hele dossier cadeau. Je kunt ermee doen wat je maar wilt. Je krijgt een nieuwe kans. Je krijgt een nieuw leven. Precies zoals mijn moeder het zou gewild hebben. Precies zoals in de sprookjes die ze mij vroeger vertelde.'

Dimitri keek haar door zijn wimpers aan. Zijn lippen beefden. Maar hij zei niets.

Jan sloeg zijn arm rond Deirdres schouders.

'Kom', zei hij. 'Het is mijn schuld, Deirdre. Je hebt hulp nodig. Ik had daarvoor moeten zorgen.'

'De kooi is open, papa', zei Deirdre. 'Ik ben niet gek meer.'

Jan en Deirdre lieten Dimitri achter en liepen naar de trap. Agent Peeters liep hen voorbij zonder hen aan te kijken. In zijn haast botste hij tegen het verdwenen lasapparaat van Deirdres school aan en bezeerde daarbij lelijk zijn knie. Maar dat kon hem niet tegenhouden.

Agent Peeters hielp de directeur van de Wattel-dierentuin overeind.

'Ik heb u bevrijd,' zei agent Peeters ijverig, 'ik heb deze zaak opgelost, meneer. Agent Peeters is mijn naam. U kunt mijn gsm gebruiken om uw vrouw te bellen.'

Dimitri Lambrecht keek agent Peeters verwilderd aan. Toen begon hij zonder iets te zeggen de papieren en de foto's van het dossier te verzamelen. Agent Peeters repte zich om hem te helpen, maar dat was niet naar de zin van Dimitri Lambrecht.

'Blijf daar af!' blafte hij. 'Die papieren zijn van mij, hoor je. Van mij. Ga weg!'

'Maar … uw ontvoering', protesteerde agent Peeters. ' Ik heb u bevrijd. We moeten naar het bureau voor uw verklaring en dan de kranten … de televisie … Agent Peeters is mijn naam, meneer Lambrecht.'

'Er is geen ontvoering geweest! Ik was hier uit vrije wil, heb je dat begrepen, agent Peeters!? Uit vrije wil! Scheer je weg, man!'

Jan en zijn dochter verlieten het fabrieksterrein. De zon was nu helemaal ondergegaan.

'Het spijt me dat ik je dossier heb gestolen, papa', zei Deirdre.

Jan haalde zijn schouders op. Wat kon hij hierop zeggen? Op het bureau was hij de zelfverzekerde inspecteur Voets. Bij zijn dochter was hij …

'Er moet veel veranderen', zei hij ferm. 'Jij moet veranderen.'

'Ik ben veranderd, papa', zei Deirdre. 'Mijn kooi is open. Ik ben niet gek meer.'

Jan keek haar diep in de ogen. Het was waar, er was iets veranderd. Dat wat hem altijd bang maakte, het staalharde in haar ogen, was weg.

'Weet je nog, papa, dat ik vanmorgen zei dat ik altijd van mezelf zou zijn?'

Jan knikte.

'Dat is niet helemaal waar. Ik zal ook altijd jouw dochter zijn. Altijd.'

'En we gaan verder leven zoals zij het zou gewild hebben. Niet zoals we bezig waren.'

'Dat gaan we doen', glimlachte Deirdre. 'Dat gaan we doen, paps.'

De Hamburger Files - Edward van de Vendel

> VRIENDSCHAP, DISCRIMINATIE

De Hamburger Files is het verhaal van Sessy en Joene. Een liefdesverhaal? Een detective? Allebei.

Winnen - Gerda Van Erkel

> PRESTEREN, EETSTOORNIS

Winnen is een verhaal over doorzetten en wanhoop, over je bijna dood eten en jezelf uithongeren. Over winnen en verliezen.

De Hond van Roosevelt - Aline Sax

> OORLOG, IDENTITEIT

De Hond van Roosevelt is meer dan een oorlogsverhaal. Het is ook het verhaal van een jongen die gevangen zit tussen twee culturen, op zoek naar zijn identiteit.

Haat Kwadraat - Floortje Zwigtman

> FAMILIE, RUZIE

Haat Kwadraat is een hilarisch verhaal over een herkenbaar probleem: een onuitstaanbare broer of zus.

De grap - Gerrit Janssens

> VRIENDSCHAP, COMMUNICATIE

Sim en Beer halen een gemene streek uit. Het lijkt een onschuldige grap, maar het krijgt ernstige gevolgen …

Geluk in een pil - Martina de Ridder

> UITGAAN, DRUGS

Na de dood van zijn moeder gaat Joachim bij zijn vader wonen. Hij maakt al vlug nieuwe vrienden. Zij leren hem de nachten in de discotheek kennen.

De kooi - Ron Langenus

> ONTVOERING, DIERENWELZIJN

Dimitri Lambrecht, directeur en eigenaar van de Wattel-dierentuin, wordt ontvoerd! Waarom? Inspecteur Voets stelt een onderzoek in.

Niets was alles wat hij zei - Nic Balthazar

> PESTEN, AUTISME

Ben houdt van vaste schema's en van zekerheid. Op school wordt hij zwaar gepest, maar thuis op zijn zolderkamer is hij veilig.

Woensdag weegdag - Diane Broeckhoven

> INDIA, LIJNEN

Silke verblijft twee weken bij haar tante in een dorpje in India. Ze wordt er ingeschakeld bij het werk in een huis voor kansarme meisjes en vrouwen.

Blond - Kolet Janssen

> GRIEZELEN, MYSTERIE

In het weekend werkt Daisy in de bakkerij. Op een zaterdag komt een man binnen die haar zo indringend aankijkt dat ze er ongemakkelijk van wordt …

In de ban van de onbekende - Nicole Boumaâza

> MENSENHANDEL, PROSTITUTIE

De charmes van Tom overtuigen het Poolse meisje Anna om met hem in België te gaan wonen. Maar Tom heeft andere bedoelingen met haar.

Uitgegeven met productiesteun van
het Vlaams Fonds voor de Letteren

Vlaams
Fonds
voor de
Letteren

CIP

STICHTING NEDERLANDSE
KINDERJURY
2003

De kooi
Ron Langenus

© NV UITGEVERIJ ALTIORA
AVERBODE, 2002
FOTO COVER: BETSIE VAN DER MEER
/GETTY IMAGES
VORMGEVING: GUIDO GORIS EN
KATRIJN DE VLEESCHOUWER

80 PAG. – 12 CM X 17,5 CM
FAHRENHEIT-REEKS
D/2002/39/159
ISBN 978-90-3171-870-2
NUR 285
DOELGROEP: VANAF 15 JAAR
TREFWOORD: ONTVOERING

meer info OVER AUTEURS EN BOEKEN OP
www.averbode.be